세컨드핸드

민음의 시 ● 310

세컨드핸드

조용우 시집

민음사

자서(自序)

어떤 날에는 쾌청한 새소리를 들으면 너무 진짜 같아서
놀랍다. 그 일들이 실제로 일어났고 이 모든 것이 계속
되고 있다는 분명한 사실에 놀란다. 또 동시에, 곧바로
새소리도 사실들도 모두 자연하여 무엇도 전혀 놀랍지
않다고 느끼게 된다. 아, 그럼 이게 다 진짜였군요? 네,
전부 사실이랍니다. 하나의 자명한 새소리랍니다.

2023년 2월
조용우

차 례

3부

4부

1부

영원한 미소

너는 점령기의 겨울
석탄을 실은 열차가 철교를 건너는 정오다

혹은 너는 하얀 발자국
두루마기를 입은 사람들이 언 강물 위를 걸어간다

너에게는 이제
생명의 말씀과 양 떼와 영원한 미소가 그려진 팸플릿,
함께 건네는 누룽지 맛 사탕

너는 붉은 벽돌의 빌라
지하 교회당으로 다시는 돌아가지 않을 것이라 다짐하
지만

너 없이도
너를 위한 시가 써지듯이 너는

너는 구내식당
거기 낮고 좁은 오전이 내내 서 있었다

너에게는 그릇이 많은 찬장
너는 그중에 갖고 싶은 것이 하나 있었다

그러나 너는 남의 집 창문에서 뻗치는 고요한 불빛
20세기의 눈이 그치지 않는 이 거룩한 밤에

너 없이도
너는 여전히 노란 조명이 잘 어울린다

* 이 시는 진은영의 시 「어울린다」에서 시작되었다.

천사는 여름에도 따듯한 물을 마신다

금전등록기 앞에 서 있는 요오꼬

또 계산이 틀린다 동전이 자꾸만 늘어난다 동전이 왜
자꾸만 요오꼬는

혼잣말을 하지 않는다 한마디 한마디 속으로 말하고
혼자서 듣는다

널어놓은 행주 위로 거미가 기어가는 여름밤에

생이

노란 복숭아 껍질에 아주 잠깐 달라붙었다 날아가 버
리는

최저임금의 밤에

천사가 요오꼬를 기다리고 있다

그는 요오꼬의 작은 부엌을 둘러보며 생각한다

어찌하여

어찌하여 이 아마포의 남빛은 날아가지 않는지

찬장 안에 굳어 있는 백설탕들의

감정에 대하여

단단한 순수에 대하여

그러나 이내 천사는 요오꼬의 식탁에 엎드려 잠에 빠져든다

그에게 순수는 지루한 작은 결정

실서들이고

오늘 밤이 지나가기 전에

돌아가야 하는데 남아 있는 집이 많은데

천사는 요오꼬에게

노면전차에 급히 올라타 녹슨 손잡이를 잡고 안도의
숨을 작게 내쉬며

서 있는 요오꼬에게

받아야 할 것이 있다

마뜨료나와 같이

점심시간에 칼국수를 먹으러 갔다
날은 흐리고 우리는 따듯한 것이 좋았다

후루루 후룩
네가 국수를 삼키는 소리가 너무 크다고
너는 느끼게 되고

두리번 고개를 들면
유리문 바깥 식당 안을 들여다보는
키가 큰 천사 몇몇

네가 알아채지 못할 만큼 투명하고
가볍게 성호를 긋고 수저를 드는 마뜨료나를
손가락으로 가리키고 귓속말을 나누며 자지러졌다

국물을 떠먹고 있는
마뜨료나

하나님

마뜨료나의 마음 안에 살아 계시는

고요한 실외기 위로
처음 보는 고양이가 사뿐히 뛰어 오르고
종일 무릎에 담요를 두르고
전기난로 타는 소리를 듣는
한 사람보다 조금 적은
마뜨료나도

아무도

적어지고

더 적어져도
한 사람은 안에 남아 있던 한 사람

사람이었다면 천사는 어떤
누가 되는 걸까

무릇 천사라면 우리가
천사였다 할지라도

싫었겠지 불에 익힌 음식을 나누며
사람이 되어 가는 건

바깥으로 나오자 바닥에 깨진 빛 서너 조각이
떨어져 있었고 날은 여전하게 흐리고 여기는

왜 이렇게 조용할까

카디건 단추를 잠그면서 마뜨료나는
생각했고

네가 주워 온 이 빛 또한 소리가 없고
먼지가 너무 많이 들러붙는다

세컨드핸드

시장에서 오래된 코트를 사 입었다

안주머니에 손을 넣자
다른 나라 말이 적힌 쪽지가 나왔다
누런 종이에 검고 반듯한 글씨가 여전히 선명했고

양파 다섯, 감자 작은 것으로, 밀가루, 오일(가장 싼
것), 달걀 한 판, 사과 주스, 요거트, 구름, 구름들

이라고 친구는 읽어 줬다
코트가 죽은 이의 것일지도 모른다며
모르는 사람의 옷은 꺼림칙하다고도 했다

먹고사는 일은 어디든 비슷하구나 하고 웃으며
구름은 무슨 뜻인지 물었다

구름은 그냥 구름이라고
친구는 답했다

돌아가는 길에
모르는 사람이 오래전에
사려고 했던 것들을 입으로 외워 가면서

어디로 간 것일까
그는

여전히 조용하고 따뜻한 코트를 버려 두고
이 모든 것을 살뜰히 접어 여기 안쪽에 넣어 두고

왜 나는 모르는 사람이
아닌 것일까

같은 말들이
반복해서 시장을 통과할 때

상점으로 들어가 그것들을 하나씩 바구니에 담아 넣을
수 있다
부엌 식탁에 앉아 시큼하기만 한 요거트를 맛있게 떠먹

을 수도 있다

오늘 저녁식사로 할 수 있는 것들을 떠올리면서
놀라운 것이 일어나고 있다고 느끼면서

구름들
바깥에서 이곳을 무르게 둘러싸고서 매일
단지 다른 구름으로 떠오는

그러한 것들을 이미
일어난 일처럼 지나쳐 걷는다

주머니 속에 남아 있는
이름들을 하나씩 만지작거리면서 나는

오고 있다

삼익뉴타운

젊고 바른 사람들이었다

둘은 날이 밝으면 함께 불행을 그려 볼 수 있었지만 둘
의 불행은 결코 그런 것이 아니었고 밤에는 낮의 일들을
잊었다 주말에는 밖으로 나가 함박스테이크와 삶은 감자
를 사 먹었다 건조기가 조용히 돌아갔다

*

살진아 살진아
할머니가 고양이를 부르고

베란다에는 죽은 화분이 모여 있다
타일 사이 물때 위로 빛은 고여

조용하고
아무도 대답할 수가 없다

*

＞ 카펫 위의 잠든 고양이와 쌓여 가는 털실 뭉치들 벽난
로 앞의 흔들의자와 할머니를 한 장에 욱여넣고
　　아이는 잠에 빠진다 흔들의자는 최선을 다해
　　느리게 흔들리고
　　할머니는 한 번도 혼자 살아 본 적이 없다

　　　　　　　　　　＊

　　기도는 하나씩 해야 한다고
　　여자는 믿었다
　　새벽에 나가 새벽에 돌아오는

　　"가엾게 여기시어 돌보아 주시니 주시는 이 뜻 기쁜 마
음으로 받아야 한다"

　　여자는 벤치에 앉아
　　오른발을 까딱였다
　　기쁜 마음에 대해 헤아리며

기도가 다할 때까지

*

이제 노인들과 함께 비바람을 구경하자

고모와 할머니와 거실에 나란히 앉아 베란다 바깥으로

오래된 비를 보자

비바람은 그치지 않고

할머니는 마늘을 갈아 놓아야 한다며 자리에서 일어
난다

아직 일어나지 않은 일처럼

비가 계속 내리고

*

아이는 입을 다물고
장롱 밖으로 나간다

꼬리를 살랑이며 다가오는
털이 찐 늙은 개 보리

눈곱을 떼어 주고 착하다 착하다

착하다
한 번 더 써야 했다

뉴타운

삼월의 공원이다
빈 나무에 감긴 크리스마스 전구가 깜빡인다
자기들도 생각이라는 것을 한다는 듯이

너는 하얀 꽃나무 하나를 본다
여전히 눈이 쏟아지고 있는 삼월의 한밤에 대해 생각
하면서

마스크와 목도리를 한 노인이 목줄을 손에 감고
털이 희고 조그마한 개를 따라 걷는다

개는 자꾸 뒤를 돌아본다 노인의 두 눈을 마주하고
웃는 사람처럼 입을 벌리고 지나가는

그늘진 정자에 히잡을 쓴 사람들이 앉아 있다
모두 아이를 품에 안고서
웃고 있는 것 같다 돌아보면
작은 목소리로
하하

하하하 웃는다

너는
전구는 작고
단단한 빛을 태운다고
본다 밤은 얼마나 검은지
얼마나 더 검정일 수 있는지

발밑에서
크고 두툼한 꽃잎 하나
부드럽게 물크러져 가고

우리도 흰 개를 키우게 되겠지?

너는 해 줄 말이 없었고

그건 눈을 상상하지 못할 만큼 희고
네가 손을 대어 보면 아주 미지근하다
마치 살아 있던 때처럼

하우스

안은 겨울에도 따듯하고 살아 있는 것들이 번성한다

너무 많은 과실들 사이에서
부드러운 칼로 망고를 반으로 가르면
두툼한 과육에서는 많은 물이 흐른다

햇빛이 가득 차고
물은 계속 흘러내리고 물컹이는 것을 밟고 서서 너무
맛있어 이렇게 맛있는 과일을 어떻게 먹을 수 있는 걸까
우리는 생각했고

그는 이제 북유럽의 크고 깊은 숲
거긴 춥고 빛나고 밤이 아름답다고
사람이 살기에 좋은 곳이라 전하네요

숲, 할 때마다 울음이 나시는지
여름 안에서 한 사람과 함께 플라타너스 숲을 거닐던
기억이 나의 자랑입니까 이 아름드리나무는 무엇일지 꽃
의 이름은 잘 알지 못합니다 여름에는 어떤 꽃이 많이 나

오나요 여름은 모두 시들해요 아니면 해바라기

　바라기라니 신파적
　결국 여름은 해바라기라니 여름의 숲에서 해바라기 가
운데에 얼굴을 그려 넣고 이건 진짜 웃기다

　윙윙
　원 안의 얼굴은 아무 말이 없고 숲, 할 때마다 눈물만
흐르고 이윽고 잡풀 사이로 사슴벌레를 찾아 헤매던 어린
날의 빛이 새어 들어 이끼가 무성한 바닥은 무너지고 숲
이 남김없이 하얗게

　너무 많은 땀이 흐르고 있습니다

　천장에 매달린 여름의 꽃다발
　부엌에는 어제 사 놓은 감귤 한 상자

　서울은 그곳보다 춥습니다
　밖은 눈이 얼었고

집에서 웃든지 울든지
아무도 모르고

나는 내가 지닌 이 모든 복들에
진실로 깊이 감사합니다

저건 까고 까도 물리지 않는 과일
물이 들 때까지 끝까지
생각할 수 있습니다

지난가을

가을 저녁 부엌을 정리하던 그는 알 수 없었다 어째서 국내산 흙당근은 이토록 무겁고 파프리카의 노랑에는 무게가 없는지 왜 두부는 단단한가 왜 여전히 두부는 값이 싼가 그리고 어느 날 매일 지나치는 약국 앞의 노점에서 그는 '나는오이야'라고 적힌 종이를 읽게 된다 그 뒤로 무가 하나 놓여 있다 오이는 없다 그는 무를 산다 동전으로 거스름돈을 받고 집으로 돌아간다 부드럽게 얇아지는 하늘 '아직 가을이구나' 혼자 생각할 줄 아는 가을 저녁이 있고 그는 알 수 있다 다시 태어나도 나는 이제 나라는 사실을 나는 오이야 나는 오이야 무는 검정 비닐봉지에 들어 있다

미드소마

겨울만 있는 나라에서는
네 개의 계절이 있다는 것을 어떻게 이해할까
대낮이 종일 이어진다는 마을에서는
일 년 내내 부서지고 있는 형광등의 흰빛을
알 수 있을까

그렇구나, 신기하다
그는 길고 선선한 미소를 지어 줄 것이다
그리고 돌아갈 것이다 거기서도 눈은
얼음도 물도 아닌 것으로 녹아
발가락을 얼게 만들고

여름날이 이렇게나 늘어지는 것은 지구의 축이 매일
태양으로 기울어져서 그렇다는 사실을 안다

영원히 칠월이었던 것만 같은
칠월의 쨍하고 쨍
잡은 손과 손 사이에
두 사람의 땀이 고이고

붙어 버린 각 얼음들이 붙은 채로 녹아 간다
꺼지지 않는 형광등 아래에서

여름은 다만 기울어질 뿐
길어지지 않고 돌아오지 않고

한 바퀴를 더 도는
우리 지구

다시
끈적하게 식어 가는 것

더 많은 얼음이 녹아야 한다는 것을
겨울이 비스듬히 이해한다

지나가는 마음*

지나가는 마음은 등이 높아 한번 뒤집어지면 제 힘으
로는 다시 뒤집을 수 없고
그런 마음 그만두고 쇠족제비가 6차선을 건너
펜스 아래로 길게
없어진다
그래도 이런 도심에서?
고라니, 멧돼지가 때때로 무덤 너머로 머리를 내밀었다
황급히 돌아가고
쑥은 다시 무덤가에
도로변에 무리지어 퍼져 간다
지나가던 노인들이
저마다 비닐봉투를 들고
무릎을 꿇은 채로 쑥을 뜯으며
띄엄띄엄 닳아 사라지는
새삼스레 따사로운 가을 햇빛 아래
덜 시든 초록과
심한 초록 사이로 마음은
사나흘 더 바르게 말라 가며
화요일 밤에 누가 망치로 독을 깨고

쓸어 담는

소리

낮에는 물까치 소리

서로의 새끼에게 먹이를 물어다 주어

결국에 함께 살려 내는 무리가 있어

앞이 검고

끝은 길고 푸른 새가 있어

그것들을 다

다시 적지는 못하겠어서 우리는 함께

마음을 밀어 제자리에 놓아준다

마음은 천천히 움직이기 시작한다 다시

우리가 지나간다 지나가고 있다

* 오즈 야스지로의 영화 제목.

유원지

　좋은 일이 있어서 그는 사람들과 함께 유원지에 갔다 생각과는 다르게 둥글지 않은 저수지를 봤다 육칠 년 전의 가요가 들려오고 돼지고기 타는 냄새 작은 아이들의 작은 목마와 일찍 취한 아저씨들 그런 것들을 보면서 좋은 일들이 많구나 그는 생각했다 몇 해 전의 좋은 일들과 오래전에 다녀온 호수를 떠올렸다 기억이 잘 나지 않았다 사람들은 단것을 끊임없이 마시고 씹어 넘기면서 좋은 일이 있어서 정말 기쁘다 말했다 말하는 사람들의 눈을 마주치면서 그는 눈빛을 봤다 어째서 눈빛은 마음을 비추는 그런 것 눈빛도 빛이라니 마음이라니 물은 오후 4시의 빛으로 잘게 부서져 쌓여 가고 내 마음은 호수요,* 같이 온 사람 중 하나가 말했다 다른 하나는 눈 감을밖에,**라고 답했고…… 사람들은 이제 자리를 옮겨야 할 것 같다고 눈이 부셔서 볼 수가 없다고 말하면서 이마에 손을 대고 평평한 물을 쳐다본다 그러지 않을 수 없다는 듯이 본다 일그러지면서 안으로 모여드는 빛 눈을 감으면 불이 꺼진 호수 같은 것으로 어느덧 마음은 떠 있고 깜빡할 사이 모르는 아이가 곁에 서서 사람들을 보고 있다 이제 그가 손을 흔들면 모르는 아이는 손을 흔들 것이다 그의 눈을 잠

깐 마주치면서

* 김동명의 시 「내 마음은」.
** 정지용의 시 「호수」.

남아 있는 나날

일요일 오후마다 모르는 할머니가 우리 집에 전화를 걸어왔다

수현이가, 수현이 맞나. 아니요. 잘못 거셨어요. 수혀이 집 아입니까? 예, 아니에요. 수현이 집 아니에요. 미안합니다, 미안합니다……

일요일 오후가 다 갔는데
전화는 걸려오지 않고
노인들은 골목에 의자를 내놓고 앉아 있다 여전히

내가 수현인 줄도 모르고
내가 남아 있는 줄도 모르고

수현은 그늘로 의자를 끌어와 앉는다

올 여름은 그해보다 많이 덥다 생각하며
앉아 있다

2부

인수공통

　오월 첫 번째 일요일 당신에게 전화를 걸어 바닥에 엉킨 햇볕과 나뭇잎의 그림자를 전하려고 했는데 이 시는 너무 밝구나 염소가 끝나지 않았다 염소를 죽여야 했다 저녁마다 그는 우리가 머물던 천막으로 염소를 한 마리씩 데려왔다 우리 중 하나가 매일 염소를 죽이기만 하면 된다 했다 무언의 합의로 순번이 생겼다 멀리 생각하면 이건 정말 끔찍한 일은 아닐 거예요 나는 밧줄을 들고 나가는 사람의 어깨에 손을 얹고 말한다 당신은 입을 막고 울면서 주사가 없을까 무슨 약으로 죽일 수는 없을까 소리를 지르고 울면서 깨어 나도 이 시는 아직 시작되지 않았구나 구루마에 실린 채로 나는 시작된다 동구권이 다시 무너지고 전갈이 도착하기도 전에 사람들은 부락을 떠난다 급료를 받지 못한 이들이 철 조망을 흔든다 지휘관이 도망가자 국경수비대는 산으로 숨어들었다 불을 지펴 본 적 없는 남자들이 죽은 물소를 두고 다투다 산을 태운다 계곡으로 물을 구하러 간 두 사람을 더 기다리지 않고 버스가 출발한다 구루마를 끄는 당신은 나를 두고 갈 순 없다고 애원하는데 나는 이 시를 끝내지 못하고 불은 꺼질 줄을 모르고 우리의 마지막 오월 차가운 하늘 한 무리의 원숭이들이 거리를 두고 우리를 쫓아오고 있다

하나님 하늘에 계시고

"하나님은 하늘에 계시고 지상은 평안하도다"*

그러면 네가 생각하는 것은
목탄

목탄으로 그려진
마을 사람들
하이얀 옷을 입은 백성들

토끼 하나를 둘로 만드는
마술에 매료된 사람들이
기적의 떡을 나누어 먹는다

하얀 김이 나는
하얀 떡 몇 개만으로
마을 사람들을 다 먹이는데

어머니
저도 가고 싶어요

> 안 된다

더 주워라
주워라

그러면 너는 줍는다
젖은 박스
잿빛 치마의 잿빛
무게

그러면 다시
눈이 온다

마당이 희게 잠기고
싸리 빗자루 닳아 사라지고
손가락이 문고리에 달라붙고

우리는 아직도
먹고 있다고

우리는 아직도 떡이 남아 있다고

그러면 너는
줍는다

더 주워도
지워지지 않는다고

다른 길이
사월까지 얼어붙고
착한 토끼들이 꼼짝하지 않는다고

그러면 잘 마른 참나무
검고 따듯한
참나무와 같이
네가 생각한 것은

* 로버트 브라우닝의 시 「피파는 지나간다(Pippa Passes)」.

저지대

응, 돌아왔을 때 나는 없었어
잘못 건져 올린 해파리 두 마리가 남아 있었어
보는 사람은 없었어
하나님은?
하나님은 저들을 보고 계셨어
해파리 하나가 물에 떠밀려 갔어
다른 하나가 남아 있었어
하나님은?
하나님은 저들을 보고 계셨지
우리 빛은?
우리?
응, 우리 빛이 다시 내리면
해파리도 녹아서 물로
흐를 수 있을 텐데
응, 나는 없었어
보는 사람은 없었어
영영

사천

마을 사람 중 하나가 그 집 용달차를 빌려 갔다

보름만 좀 쓰겠다던 사람은 돌아오지 않고 봄이 왔다
세금징수원이 초록색 대문을 두드렸다

이 집에는 이제 차가 없어요 세금징수원은 한동안 마당
에 서 있다 갔다

축사의 비어 있음 위로 눈이 덮였다 작은애는 작은애
대로 큰애는 큰애대로 안됐어 하는 말을 작은아이가 들
었다

작은아이 꿈에 좋은 새가 모래 위를 날았다 날다 꺼졌
다 좋은 새들은 던져졌다 폐지처럼 쌓여 갔다

큰아이가 그것을 모아 마당에서 태웠다 생시에 모래 위
에 그 하얀 재 위에

비가 내렸다 축축했다 물이 내로 흘렀다 더럽다

＞ 더럽다 아이는 생각했다 봄이 되면 세금징수원이 돌아 왔다 감색 파카가 못에 걸려 있었다 아직도

무거웠다 봄이 되어도 차 이 집에 없어요 아무도 없어요 그래도

용달차는 모래를 싣고 국도를 계속 갔다

세금징수원은 나이 들어 그 집 초록색 대문을 모르고 왔다 갈 때까지 아이들이 돌아올 때까지 좋은 새들이

폐지처럼 날았다 모래를 계속 갔다 생시를 지나갔다 가 벼웠다

가까운 미래

미래는 배가 홀쭉하고 멀리서 그르렁 소리를 낸다
다가가면

네댓 마리의 개들이 도망간다
서럽다는 듯이 울면서 간다

왁자지껄한 민병대를 피해
검고 푸른 덤불들 사이로 완전한 덤불들 사이로

우리는 발소리를 죽이고
기다린다

이럴 때마다 우리는
이런 생활이 익숙하다 생각한다

그렇지 않은 이가 있다면 그에게는 더
잘 드는 도끼가 필요할 것이다

그것을 앗아 갈 때 안다

영혼은 찢어지지 않는다 물에 녹지 않고

불 속에서 오래 머문다 맨손으로도
안다 다시 안다 영혼은 늘

새 것만 같고
멀지 않은 곳에서 미래가

끓고 있는 소리

끓고 있는 소리

무슨
사그라지는 것

깃들어 있던 것 재 속에
남은 불의 희미한 빛깔

기다린다

스테인리스

먼 미래에도 그는 이해할 수 없었다
여전히 너무 느린 빛과
수십 광년의 동면으로도 도착하지 못했던 바다
끝까지 살아서 있던 영혼
콧등 위에 응결되어
제 각자의 영혼

그래도 우리는 여기에서 괜찮을 것 같다
밖의 새소리는 현실과 구별되지 않고
닦으면 닦을수록 녹이 스미는 거대한 기계들을 닦는 기
계들
그리고 빛나는 파이프, 그가 우릴 깜빡 잊은 뒤로도 인
간이 다 가고 나서도
계속 반드럽고 차가웠던
아무것도 모르는 은빛 파이프

여기 영혼이 있다면
그것은 우리가 즐거워 우리가 가벼워
우리에게 마른 헝겊을 건네줄 텐데

이게 너희 현실이라고 이제 그만 이해하라고

사실을 구성해 줄 텐데

새서울

맑고 푸른 하늘입니다 선을 그으면 찢어져 조각날 것 같은 하늘입니다 오래전의 하늘입니다 오래전의 맑고 푸른 하늘입니다 돌려달라 돌려달라 소리가 부딪쳐서 떨어지는 하늘입니다

점령기

저기 나의 동무들이 모여 있다 둑을 만들기 위해 동원된 마을 사람들과 함께 좁쌀을 씹어 먹고 있다 더 먼 데서 왔다는 사람들도 보인다 우리는 어디에서 잠을 잤던가 봄밤은 차고 축축하다 누군가 이제 마을로 돌아갈 수 없을 것 같다고 운다 다른 동무가 그의 가슴을 때리며 운다 그날 밤 둑은 왜 무너졌을까 우리는 어떻게 다시 말뚝을 박고 흙을 쌓아 올렸던가 나는 어떻게 돌아왔던가? 어디로? 누구들과 함께? 이제는 물어볼 사람이 없다 그땐 우리나라가 가난하고 다 힘들 때였지 동무들은 저기 모여 있다 동무 하나가 전쟁 전의 화폐를 모아 불을 지핀다 여름이 오기 전에 여름이 오기 전에 중얼거리면서 거기 구덩이 부드러운 흙 우리는 따뜻했다

계열화

네가 쿠폰을 쥐고 서 있다

내일 먹을 빵을 지나

비어지기를 기다리는 가옥들을 지나

가스 발전소를 지나

돼지들이 잠든 강가를 지나

생각 없이 부푸는 이팝나무를 지나

추가 수당의 야간을 지나

예지의 세계관들을 지나

청청하늘 동강 난 대낮을 지나

비닐봉지를 안고 걸어가는 천사를 지나

> 청색 모자를 쓴 담당관을 지나

쿠폰을 쥐고 서 있다

적막강산

호롱불을 돌이킵니다

적막강산
백석입니다

다시, 호롱불을 돌이킵니다

우리는 오래 걸었고 더 가야 합니다

적막강산을 흘러 흘러 정주 동림 하룻길에 겨울이 오고

갔습니다 붉은 수수밭을

일을 나가신 어머니도 없고 발이 커다란 범도 없는 적
막강산을

어린 오뉘들 쫓깁니다 해님 달님도 없는 벌판을

밝지도 어둡지도 못한 벌판에

> 동아줄을 내려 주실 하나님이 하나

우리는 아직 더 가야 합니다 짐칸에 실려 옹기종기 호롱불을 돌이킵니다

뱀 개구리 여우 새……

적막강산

달님,
그림자는 너무 큽니다

오뉘들이 우리 작은 오뉘들이 두런대는 소리
들리시지요

달님,

그런 세상이 있었습니다
무던히도 걸었습니다

자나 깨나

자나 깨나
앉으나 서나* 우리가

이 미래 안에서
얼마나 많은 세월을 그러나 우리는**

제각기 고향으로 내려가 서무를 보며
맑은 강변에 집을 짓고

오늘
또다시 여름밤 큰 강물 소리

동그란 달이
만나서 서로 반가워하는 개들의 눈동자가

자전거에서 내려 달을 쳐다보는 사람들이
모두 거짓말 같을 때

(……)

그러나 이 모든 것
이제 진짜 삶에 불과하므로

자나 깨나 앉으나 서나
우리는

오래 살아 병을 몰랐다

** 김소월의 시 「자나 깨나 앉으나 서나」.
** 위의 시.

그때

그때 나의 하나님은
월요일 팩시밀리의 비프음 —
따듯한 감열지, 휘발하는 활자들
판매 금액과 수수료, 오로지 하나의 긴 숫자였다

그때 나의 하나님은
담벼락 뒤에서 들려오는 빗자루 쓰는 소리
개구멍으로 들어오는 어린 동물
가느다란 지혜의 꼬리, 몇 번의 도약과 한낮 기나긴 굶
주림

그때 나의 하나님은
내가 살던 골목의 창문 너무 많은 창문
빛은 끊임없이 빛으로 돌아오는데 사람들은 늘
창문이 하나 모자랐다

그때 나의 하나님은
가장 값싼 빵
내가 만든 가장 값싼 빵

나는 매번 그것들을 가져다 버렸다

그때 나의 하나님은
기차역에서 쫓겨났다
그는 식은 수프를 핥아 먹고 있었다
바닥에 떨어진 닭 뼈 몇 개를 씹어 먹고 있었다

한때, 한때는
단추를 매다는 두 사람
단춧구멍을 감추는 두 사람이었다
휴일에 두 사람은 다른 객공들과 함께 단풍을 보러 갔다

그때 단 한 번
누군가 나의 하나님을 사랑했다
그가 차가운 얼굴에 손바닥을 대자
얼음 조각이 툭 하고 바닥에 떨어졌다

그때 나의 하나님은 녹아내렸다
그 한 번을 나의 하나님 전부 녹아내렸다

간밤에 꾼 꿈

나는
고국의 가을 하늘 아래
동생들과 밤을 주우러 다녔다

막냇동생이 남동생의 손을 잡고
노래를 부른다 올빼미 무얼 보고 우느냐 살진이 살진이
무얼 먹어 사느냐 무얼 먹어 사느냐 그럼 남동생은 이런
노래를 부른다
밭을 태워 살아진단다 재를 놓아 살아진단다

노래를 부르면 안 된다 조용히 해라
말해야 하는데 어느 사이 서리가 녹아
노랫소리가

            부서지고
                    진흙에

빠져
폭음 노란

> 폭음

막냇동생을 업고 남동생의 손목을 잡고
뒷산의 겨울을 지나
           간밤의 꿈속을 지나

나는
가을 하늘 아래

동생들과 따듯한 콩죽을 나눠 먹은
기억

간밤에
동생들은 빈 소쿠리를 들고
노래하며
집으로 돌아간다

올빼미 올빼미
     가느냐 밤을 따라 가느냐

살찐이 살찐이
　　　오니라 우릴 찾아오니라

노래를 부른다 가을 하늘 아래
함께 노래를 부른다

3부

해피 아워

나는 안 갈래
집 가서 저녁 먹고 퍼즐할 거야

고흐의 해바라기도 아닌 그냥 해바라기 들판
사람도 집도 하나 없는
너무 많은 해바라기
2천 피스를 아직도 맞추고 있는
정원 씨에게

빈 퍼즐 판은 겨울에 춥고
봄은 여전히 너무 좋으니까
여름이 낫겠지 선풍기를 약 회전으로 틀어 놓고 차가운
보리차에 남은 밥을 말고
정원 씨에게 꼭 들어맞는 날씨를 고르고 있었는데

나는
일이 있어서 끝나고 저녁 먹으려는 같이 못 간다고
미안하다고 사람들에게 말하고

집에 가서
저녁을 먹고

사람들
사람들이 자꾸 나온다
이 사람들이 그때 말한 사람들이냐고
정원 씨가 웃으며 물어보지만

진짜로는 나는 이제
사람들을 만나지 않고 이것이 아마
저녁이 있는 삶

삶
이라 적고
지우지 않게 되고

이 삶에서 나는 이미
만나고 싶은 사람들을 다 만났다 그런데도 삶은

저녁을 먹고
소파 아래 비스듬히 기대 앉아
퍼즐을 쏟아 놓고 사람들에 대해 떠드는
그런 게 삶이었다면

그런 건 삶이 아니라고 우긴다면 우리는
무얼 더 적을 수 있었을까 아니 나는
무엇을 더 적어 놓은 것일까, 지우지 못하게 된 것일까
같은 걱정 따위들
하지 말고 아무 때나 써야지, 걱정하면서

2천 피스가 다 맞춰진다
사람은 들어가서 나올 수가 없는
해바라기 들판, 방에 둘 곳도 없지만

정원 씨는 다시 2천 피스
이제는 고흐의 해바라기
열두 송이 정물을 들여다보고 있는
송이,라는 말이 좀처럼 들어맞지 않는

> 이 삶
정원 씨가 보라색 수면 양말을 꺼내
신고 있는 저녁

매일 아침 견과

그때 나는 나의 시도 너의 시도 고치지 못했다

네가 사 온 유칼립투스

칠월의 햇살 아래 하얗게 굳어 가는 유칼립투스

화분을 마대에 담아 버리면서 나는 이 시를 더 깰 수
없구나

나를 부서질 수가 없구나

그리고 다른 시대가 왔다

정해진 행정절차는 예정대로 진행해야 한다*

공문이 붙고 나는 매일 아침 견과를 챙겨 먹으면서 새
시대가 왔다

새로운 시는 새로운 시대에 써지겠지

매일 아침 새로운 시가

한 번도 부서져 본 적 없는 새로운 시가

부서져 본 적도 없으면서

부서져 본 적도 없으면서

더 부서지겠지

* 2021년 7월 26일 광화문 세월호 기억 공간 철거 현장에서.

일요일 타르트

고양이 밥을 주러 가는 길에
왜 타르트가 공원 벤치 위에
플라스틱 통에 담긴 티라미수, 딸기 타르트가 ─
나는 언젠가 다른 벤치에서도
티라미수와 딸기 타르트를 본 것 같다
생각하며 누군가 그런 것들을 자주 잃어버린다면
살아가며 계속해서 그 일이
떠오를 것만 같고 다른 이에게 말하지 않고서는
이전과 같이 살아갈 수 없으리라
"아 같이 먹으려고 티라미수를 샀는데 오는 길에 잃어
버린 것 같아요"
"있잖아 나 어제 그 집에서 산 타르트 벤치에 두고 집에
와 버렸다" 혹은
아무에게도 털어놓을 수 없다면
모두 잊어야 한다면
종종 멈춰 서
흔들리는 나무들을 쳐다봐야 하리라
한 겹 한 장
오랜 시간이 흐르고 나는

이것들을 잊지 못하리라 생각하며
회갈색 무늬의 고양이가 조용히 다가와
밥을 먹는 모습을 지켜보다 저기
사람들이 웃고 있다
버드나무 아래 모여 무언가 내려다보며
함께 웃고 있다

누가 가짜 새를 우리에 두고

비가 또 내린다
때죽나무는 흔들린다 다 잊어버린 것처럼 눈을 감고
멀리
흔들리는 것에는 영혼이 담겨 있는 것 같고
영혼이 있다고 해서 모두
살아 있는 것 같지는 않다고
담장에 줄지어 걸려 있는 새장들을 가리키며
너는 물었다 저건 전부 진짜 새냐고
가짜 새를 우리에 넣어 두는 일은 없지 않느냐며
내가 웃으며 답할 때 쥐 같은 빛이
우리를 스쳐 새장 아래를 훑어갈 때
지혜철물을 지나
디저트홀릭이 사라지고 부활약국 유리문이
깨지고 셀프코인빨래방 자리에 있던 국숫집 이름을 까
먹으면서 태풍은
지나가고 창문에 붙인 테이프를 떼지 않은 집들이
가끔 보인다 거기서 살 수 없어도
누가 살고 있대도
가짜 새는 빠져나갈 수 없는

구멍을 까맣게 잊고 나는

휴일 오후 빨래방에 간다

이불을 들고 서서

이주민들은 세탁기 안을 쳐다본다 구멍이 뚫린 것처럼

비가 내린다

인식론

오목눈이가 유리창에 부딪혀 떨어지고

오목눈이가
유리창에 부딪혀 떨어지고
일어난 일은 다시 일어나지 않는다

피카소였나 달리였나 아니면 뭐 아무나
당신이 상상할 수 있다면 그건 이미 현실이에요,
익살스러운 눈짓으로 대답하고

여전히 당신은 상상할 수 있는 것들로
구성된다 당신이 상상할 수 있는 만큼 딱 그만큼의
오목눈이가 유리창에 부딪혀 떨어지고

누군가 검정색 가방을 들고 들어온다
처음부터 이럴 줄 알았다 말하며
창문에 테이프를 붙인다

당신은 이러려고 한 게 아니라고

정말 이럴 줄은 몰랐다고

그래도 당신은,
당신은 나를 이해해야지

오목눈이가
유리창에 부딪혀 떨어지고

어떤 것은
깨어나 다시 날아갈 것이다

그래,
나는 당신을 이해해

누군가 들어와
바닥을 치운다

모조리 쓸어 담는다

시에

개구리가 들어왔다 다가가 손을 펼치니 작고 파란 동물이 내 검지 위로 기어오른다 밖은 어느새 사슴의 뿔이 부러지는 십이월이다 개구리를 놓아주어야 하는데 다시 목마른 북풍의 십이월이다 아이들이 나무를 지고 물동이를 이고 논두렁을 걸어가는 십이월이다 얘들아, 너희들도 여기로 들어오렴, 여기에 유월의 햇살이 있고 따뜻한 빵과 고기 스프가 있고 얘들아, 얘들아, 아이들이 무어라 말을 하고 웃는데 너무 멀어 잘 들리지 않아 아이들은 모래언덕을 지나 바위산을 넘어 마을로 돌아가고 담벼락 아래누워 있던 검은 개가 아이들에게 왈왈 달려들며 반겨 주는 소리 십이월의 밤하늘 너무 넓고 얘들아, 얘들아, 여름밤에 개구리는 홀로 울지 않아 개구리를 놓아주어야 하는데 나는 개구리와 함께 다만 개구리와 함께 쓴다 개구리는 자그마한 동물이다 시에 쓴다

경제적인 문제

이를테면 어떤 창문은 당신이 닦을 수 없는 위치에 달려 있다 비가 와도 씻기지 않으며 그러나 물은 반드시 난데없는 곳에서 샌다 천장이 아니라 장롱 밑에서, 이건 처음부터 다 뜯어야 해서 못해요, (붉고 굵은 글씨로) 수전 일절도 대걸레도 소용없다 바닥은 결국 무릎을 꿇고 닦게 되는 것이다 그러나 당신에게도 대안은 필요하다; 좋은 것 하나를 사서 오래 써야지, 둥근 테이블 하나, 딱딱한 의자 하나, 경조사 때 입을 검정색 마이 하나, 목걸이 하나…… 구두를 하나 새로 장만해야겠어, 그럼 당신은 이렇게 대답할 것이다, 음 구두는 예전 것들이 더 튼튼했지, 검정색 마이를 찾으며 오래전의 문제들과 이 집에서 내다 버린 물건들을 모두 잊고서

스포일러

늙은 개가 카펫 위에 눈덩이처럼 웅크리고 있다 개는 오늘 하루 있었던 일들을 되새기면서 천천히 검은 눈을 깜빡인다 곧 늙은 이발사가 집으로 들어와 개를 가엾이 여기며 배를 문지르고

"저 사람 개 잃어버린다"

너는 옆에 앉은 사람이 일행에게 속삭이는 이야기를 주워듣게 된다 먼저 엎질러지는 미래가 너는 더 좋고

저 사람은 개를 잃어버리게 된다

영화는 개에 대한 그런 이야기도 이발사에 대한 것도 아니었으니 그것은 왼쪽에서 오른쪽으로 흐르고 너는 개는? 개는? 개는 그러므로 없는 개는 왼쪽이 없고 더는 비를 맞고 아파트 화단을 헤매며 젖지 않고 오른쪽으로

흐르고

남아 있는 팝콘이
쏟아지지 않는다

무엇도 주워 담을 수가 없게 된다

우리들의 유산

비 오는 날 종묘에 가서 우산을 쓰고 관광객들과 함께 목조 건물 안을 들여다보다가 높고 둥근 어둠을 보다가 문득 우리는 같은 것을 경험하지 못한다는 생각이 들었고 이전에도 이런 생각 깨달음 사람들은 여기서 무엇을 하고 있는가 비 오는 날 종묘에 나는 이 사람들과 함께 관광을 왔지 젖은 흙을 밟고 사당을 거닐며 바깥에서 안을 들여다보려고 왔지 아, 이것이 우리들의 유산입니까 네, 이것이 그것입니다 지붕 위의 잡상들은 얼마나 늠름하던가 나는 이것들을 꼭 기억하고 싶었다 무엇도 지키지 않아도 되는 잡상들이 그 지붕 위에 서 있다는 것 비 오는 날 종묘에 너무 깨달음 깨달음 우리에게 남아 있는 것 얇고 넓적한 모양의 돌들 물웅덩이 모두가 우산을 들고 있다는 것 우산은 크고 정말 크다 그리고 기둥들, 어둠, 옆으로 길게 연속적으로

젊었을 때 쓴 시

앤 카슨의 첫 번째 시집을 읽다가

나는 명상을 하지 않는다는 것을 알았다 앤 카슨이 명상을 하는지는 모르겠지만 명상을 한다 누가

내가 아는 소설가가

젊은 시절 신논현역 부근의 사무실로 출근하기 전 이십여 분 동안 눈을 감고

침대 위에 앉아 있다 (그는 이후 실직을 하고 몇 번 더 일을 그만두기도 했지만 삼십 년 넘게 출퇴근을 하며 많은 소설과 산문을 지었다)

인사동의 한 카페에서 대학교수가 요즘 명상을 배운다는 얘기를

사람들에게 들려주고 있다 교수는 명상이 시에 참 좋다 조 선생에게도 명상이 참 중요하다

말했다 건너편에 앉은 평론가가 오래전 죽은 이름난 작가가 새벽마다 명상을 했다고 얘기를 시작할 때

나는 자리를 떴다 좁고 오래된 골목은 생각보다 금방 큰 길로

이어지고 부유한 사람도 명상을 하는구나 아니 명상은 부자들이 하는 것인가

부자가 되는 일보다 부자와 함께 살아가기가 더 힘든 것인가

힘들다 생각하며 논현동에 사는 한 소설가와 (신논현역으로 출근한다는 이가 아니다) 일산에 사는 시인과 소설가 몇몇

나를 포함하여 망원동에서 살았던 시인들을 떠올렸고

연신내에서 나고 자라 계속 인근에서 살고 있는 한 소설가와 불광천을 걸었다

저기 백로가 있다 같은 말은 하지 않고

백로와 왜가리 청둥오리 무리가 깔따구 떼가 살아 있는 여름밤을 걸었다

그는 명상은 하지 않지만 가끔 기도를 한다고

기도를 할 때 기도하면 된다 지나가는 말처럼 얘기했고

나는 이것을 이 밤을 잊지 못하게 된다 그리고

내가 젊은 시절 존경했던 시인,

그는 지난 몇 년 동생과 어머니 그리고 개와 이별해야 했다

그 자신도 췌장암 수술을 받았다 너무나 가혹한 시간이었지만 견뎌 냈고

오랜만에 만난 그의 얼굴이 무척 맑아 보인다 그는 요
즘 아침저녁으로 108배를 한다 다른 사람을 위해서

기도를 한다 웃으며 말한다 나는 그 안에 담긴 것이 무
엇인지

알게 될까 두렵다 생각하며 그가 쓴 시들을

우리가 젊었을 때 쓴 시들을 눈을 감고 떠올린다

양화답설

한강공원으로 가다 말고

샛길을 따라 걷는다 여기서는 강이 보이지 않고 보호수
로 지정된 나무가 있다;

이 은행나무는 수령이 600년 가량으로 추정되며 조선
조 마을의 당산나무로 모셔졌다. 나무 안에는 귀가 달린
흰 뱀이 산다 여겨져 (……) 신령이 외적들의 꿈에 나타나
그들의 고향 땅이 하룻밤 사이 모래 폭풍에 파묻히는 모
습을 해가 뜰 때까지 보여 주었다는 것이다.

깨어나 무릎을 꿇고 통곡을 하다 무기를 버리고 달아
나는 어린 남자들과

치성을 드리고 또 안도하며 나무에 절을 올리는 마을
사람들을 생각하다가

정여립과 그의 대동계가 강물이 언 틈을 타

한강을 건너 서울을 치려는 역모를 꾀하고 있으니 속히
잡아들여 국문에 처해야 한다

아뢰는 신하들의 저의는 무엇이었나 대동계는 정말 강
이 얼기를 기다리며 대동사회를 꿈꾸었던가 한편

당시 관료들이 하는 일 중 하나는 시문을 짓는 일이었
다 이름난 문장가 몇몇은 얼어붙은 양화진

하얀 모래밭 위로 쌓여 가는 눈, 그 위를 걸어가는 정경의 아름다움을 노래했다

라고 한다 어쨌든 그들 또한 나름대로 영혼에 대해 생각했던 것이다

생령과 신목을 두려워하듯이

게걸스럽게

그런 것이 시냐 아니냐는 중요치 않다 나는

사람들이 없는 길을 걷고 싶었다

사람들은

공원 나무 아래에 돗자리를 깔거나 간이 의자를 폈다

거기 앉아 강을 바라보는 일이 집에 있는 것보다 시원하다는 듯이

단지 그것을 위해서

더운 날에도 공원에는 사람이 많았다

가 보지 않아도 알 수 있었다

어려운 시

벌써부터 인생이 시보다 쉽게 써질 때 나는

가족 이야기를 적지 않지만 일요일 저녁 엄마가 내게
전화해 집에 가는 길인데 고양이가 죽어 있는 것 같다
고 보도블록 턱에 그대로 있는 것 같다고 어떻게 하느냐
고 물어 올 때 죽은 동생들과 학살자와 수류탄을 잊지 않
는 시를 나누어 읽고서 이 시가 제일 좋죠, 네 정말 좋았
어요, 대답할 때 계속 살아가야 한다는 듯이 껍질이 깊게
파인 채로 더 깊숙이 자라나는 미루나무 그래 계속 쓰고
살아가야 한다는 듯이 우리는 절망하고 절망해서 쉬울
때, 절망 다음은 희망이 올 차례 희망, 그것은 고체다 따
듯한 광채를 띠며 매끄럽고 무겁다 그것을 들고 천천히 걸
어오는 이에게 사람들이 다가간다 괜찮아요 혼자서 들 수
있어요,라고 웃으며 말할 때 그것은 그의 손에서 미끄러져
땅에 떨어진다 아주 잘게 부서진다 알갱이가 곱고 어디에
도 스며들지 않는다 희망은, 늘 다시 실패하고 더 잘 실패
하고* 다시, 다시, 육첩방은 남의 나라,** 남의 나라에서
살아남아 무단결근3일이상시고용해지됨//나는죽은사람의
이마에대고속삭였습니다/영하19도/깨진/고무통화장실//
내가돈주고너를데려왔다//박스테이프/새우꺾기; 저는 이

것으로 시를 쓸 수 없었습니다,라고 시가 써질 때 이해가
넘쳐흐르고 있다 당신과 내 인생 바깥으로

* 사뮈엘 베케트의 산문 「최악을 향하여(Worstward Ho)」의 문장을 변형하
  였다.
** 윤동주의 시 「쉽게 씌어진 시」.

4부

테라스

서울대학교암병원 3층 테라스로 나가면
창경궁이 아주 잘 내려다보인다
그때는 그곳이 창덕궁이라 착각했지만
아름다웠고,
"나는 창덕궁은 처음이야. 저기 저 나무는
멀리서 보아도 연하구나."
나는 내 안에 남아 있는 1파운드의 빛을
떠올렸다 밀가루 반죽처럼
물컹하게 남아 있는 빛을 휘저었다
끈적이며
흐르는 그것을 젓는다
계속해서 젓는다

빛을 버리는 부분

여름 내내
겨울에 봤던 버려진 그 개와 아주 닮은
버려진 개가 천변을 달려가는 모양을 본다
저 노란 꽃들이 빼곡히 매달려 있다는 것
하나 구겨지지 않고 밝다는 것
개천에 돌을 던져 넣는 아이들
물수제비도 되지 못하고 그냥 집어 던진다 계속해서
개 한 마리가 사라지지 않는다
개 한 마리가 사라진다
아무리 돌을 옮겨 넣어도
빛은 넘치지 않고
나머지 빛처럼 나머지 개처럼
셀 수 없는 것 저 개도
수를 셀 줄 안다는 것
저 빛을 모두 버릴 수 있듯이
저 빛은 다시 쓰이고

우리는 또 천변을 걸으며

나도 그런 개를 본 적이 있다 말했다 나도 그런 개를
본 적이 있다 답했다

　딱딱한 빛 몇 개 또 개천을 굴러다니고

　사라지고 있었다 그 개는 여름 내내

새로운 생활

문병을 다녀오는 길에 새 옷을 사기로 한다

벽장 속 셔츠들은 옷깃이 바랬고
오늘은 사야 한다 새로운 흰 것을

여름의 아웃렛 비어 있는 리넨들은
간소하고 청결한 라이프 스타일을 권하고

너는 이제 그런 생활을 한다
얇은 옷 한 벌과 주머니 두 개로

마당 없는 병원 벤치에 간간이 내리는
미적지근한 볕을 받으며 너는

우리가 함께 좋아했던
좋은 사람들에 대해 이야기했다

운이 좋았다, 좋다
라는 말을 번갈아 고르고

오늘도 너를 찾아오지 않는
우리를 여전히 좋아하는 척하면서

어떤 얼굴은 하얗고
어떤 사람은 점점
창백해져 가는가

하얀 것이 하얀 것을 더하지 못하고
뻣뻣하게 구겨져 갔다 나는

새로 산 셔츠를 벽장에 건다
버릴 옷들이 다시 버릴 옷으로 남겨진다

땀방울은 매일 차가운 목덜미를
투명히 흘러내리는데

영원맨션

반바지를 입은 어린 날의 당신

달려간다 파란 풀밭을 달려간다 나귀들은 목화 자루를
짊어지고 강가를 향해 간다 당신은 땀을 똑똑 흘리면서
가지 마, 가면 안 돼, 울지만 그것들은 하얀 강물 속으로
가벼운 발굽을 내딛어 건너편으로 무릎을 절뚝이며 절뚝
이며 건너간다 젖은 자루를 짊어지고 길을 따라 끌려간다
강물이 반짝

눈이 시리고 수십만의 자갈들

나는 당신의 뒤통수가 오목하게 빛나는 것을 쳐다보다가

자주색 이불과

하얀 요를 개켜 없는다

따듯한 방바닥에 나비다리를 하고

돌아오면

솜을 트러 갈 것이다

거기에 요즘에도 이런 집이 있다 말하는

당신이 있고

나는 아직 당신 없는 당신 방
창밖으로

모르는 사람이 모두 건너가는 밤을
저기 건너지 못하는 한 사람을 다 지워 주는 까만 눈밭을

보고 있다

메시지

어제 숨겨 놓은 겨울 집 하나가
오늘 사라지고
내가 아는 고양이는 이제 보이지 않는데

내가 아는 고양이라니

알고 지내던 사람이
바쁘지 않을 때 전화를 좀 해 달라고
메시지를 보내온다

무슨 일이 생겼냐고 답장하면 그는 휴무라서
연락을 해 봤다고 그냥
아무 일도 아니라고

고양이 소리를 사람 우는 소리로 들었던 날도
반대의 경우도 있었지만

흰 고양이는 눈에 잘 띄기 때문에
오래 살 수 없다는 이야기도 들었지만

전화를 하겠다 답하고 나는
하지 않았다

남아 있는 겨울 집 하나를 들여다보면
모르는 노랑둥이가 나를 끝까지 노려보고

오늘 하늘 진짜 파랗다

누군가 그런 메시지를
다른 사람에게 보내고 있을 것이다

아직 십일월이었다

스웨터는 해변으로 돌아가고 싶다

밤바다는 희고 맑고
털이 반쯤 뽑힌 겨울이 모래톱에 엎어져 있었다

파도가 깨끗이 씻을 수 있을 듯했지만

모래가 얼고 풀리고 다시 풀리고
여전히 삼한사온의 나날들 그 위로
평일 오후가 줄줄 새어 드는 것이 보인다

인덕션 위의 고요는 둥글고
더 흔들리고
카키색 스웨터를 입은 내가 머그잔을 닦고 있다

죽었는지 아닌지

더 지켜봐야 알 수 있고
그래도

겨울의 절반은 아직 순하고

따듯하겠지

물이 다 끓으면 주전자에서 소리가 날 것이다

온누리약국

회사를 나와서 걷는다

십 분 동안 걸었다 생각하며 걷는다

춥고 걷는다

머리가 아프다 걷는다 약국에 간다 처음 보는 약국에
들어간다 타이레놀을 받아 의자에 앉는다 두 알 삼키고
긴 나무 의자에

앉아 있다 요구르트가 있다 언제나 요구르트가 있었다
왜 언제나 약국 이름은 소망 새봄 평화 안생 같은 것이
맞는다 의자는 딱딱하고 길고

모든 것이 변함없이

오래오래

걷는다 나는

\> 회사 안으로 들어간다 요구르트를 마신다 차갑다

목재 혹은 무명의 부스러기

— 여기 있어 내가 다녀올게

너는 아크릴 머플러를 매만지며
생각한다

다정함은 어떻게 한 올과
다른 올 사이에 얽혀

옛날 냄새가 나고
구멍이 뚫리는지

방학 하는 날의 아침

교실
눈이 그치고

— 내 눈은 조금 갈색이다 알고 있어?

눈이 그치고

> 창밖으로

눈 덮인 운동장에 사람들이 걷고
공놀이를 하는 것이 보인다

아이들이 내는 새된 소리

그리고 네 작고 가벼운 구멍
하양 다음의 것

따듯하구나,
너는 머플러를 매만지며 생각한다

겨울 방향

사실 나는
겨울날 굴뚝의 하얀 연기를 좋아한다 오랫동안

우리 섬유 공단에서 내보내는 연기들 작고 오래된 우리 공장들 우리 어린 날의 겨울 아침 다른 나라 사람들이 일하는 공장 공장에 사는 다른 나라 사람 공장에서 사는 아이 함께 사는 우리 아이들 작은 연기들

있었고

강 건너 열병합발전소의 연기 다섯 개의 연기가 부드럽게 발생하는 겨울날입니다 사실입니다 창가에 서서 바라보는 것입니다 폐물을 실은 크고 작은 트럭들이 안으로 들어갔다 나오고 소각합니다 스팀터빈을 회전시킵니다 터빈의 무결한 날개 따뜻한 수증기 우리는 그것을 부정할 수 없으며 물이

끓고

좋아합니다 사실은

우리의 것입니다 우리의 방식들 우리 겨울 사실들 그리
고 전류, 순수증기 녹습니다 사실은 나의 겨울 하늘에 오
늘날의 겨울 하늘에 녹아듭니다 물이 끓습니다

버드 워칭

야외에서 새를 구경하는 일에도 지켜야 할 규칙이 있다고

새들은 물론 자연을 손상시키지 않는다 큰 소리와 동작은 금물이다 새들의 모습과 울음소리를 통하여 자연 전체를 보아야 하는 것이며

조용한 복장
코튼 소재의 사파리 재킷을 입고 노트와 필기구를 챙긴다

날이 좋을 때에도 비가 올 때에도 관계없이 신을 수 있는 신발과 두꺼운 양말이 바람직하다 참으로 취미라는 말은

이상한 것이다 어렸을 때 나의 작은 이모는 탐조에 취미가 있었다 겨울마다 시외버스를 타고 늪지대로 가 철새들을 보았던 기억 기억들 어느 때부터인가 그는 새를 찾아다니지 않았지만 흩어졌다 뭉치는 새 떼

〉수천 마리의 새 겨울 검고 푸른 하늘을 떠올리면 언제
라도

이상한 것이다 그의 말대로 그건 본 사람만 기억할 수
있는 것이다 어떤 사람이 탐조를 하게 되는 것인가 어느
때에 그만두게 되는 것인가 왜 아직도

나는 지나가다 마주친 새들의 사진을 찍고 메모를 하
는 것일까 탐조를 즐길 때 조용히 입는 재킷? 방수가 되
는 신발? 알 수 없는 것이다 집에서 들리는

갈매기 소리? 강으로 올라온 갈매기 소리다 밤에 혼자
들려오는 소리다 강에 나가 보아도 새들은 보이지 않고

나는 그 소리를 듣는다

여름 소설

몇 년 전 여름밤 사람들과 함께 내가 살던 곳 근처 도로변을 걷다 예닐곱 마리의 사슴이 뛰어가는 모습을 본 적이 있다 그 장면을 떠올리는 것은 기억이 아니라 책에 써진 문장을 읽고 머릿속에 그려 보는 일처럼 느껴진다 책은 미국 작가의 소설집이고 작가는 오래전에 세상을 떴다 충분히 늙었다고 하기에는 부족한 나이에 짧게 앓다가 죽었다 그의 소설은 여름밤과 어울린다 한밤이 되어도 열기는 가라앉지 않고 더러운 컵과 재떨이가 필요하다 인물들은 소파에 앉지 않고 계단에 걸터앉거나 벽에 기대 서 있다 얼마 지나지 않아 몇몇은 랜턴을 들고 바깥을 걷고 있다 시끄럽게 떠들어 대는 몇몇 서성대지 않고 멀리 걸어갈 수 있는 몇몇 그러나 도착할 수 없는 몇몇 그 옆으로 사슴 무리가 지나가는 장면이 있던가 기억나지 않는다 그는 알고 있었을 것이다 기억에 남지 않을지라도 그것을 써야 한다는 것을 그들과 여름밤을 걸으며 사슴을 만나게 된 일을 대수롭지 않은 한 장면으로 써 넣어야 한다는 것을 그는 알았다 어떠한 깨달음도 없이 아무도 없이 차가 압류당하고 음식을 제대로 씹지 못하게 될지라도 시인과 소설을 혐오할지라도 썼다 시간을 두려워하지 않으며 시간이 흐르지 않는다는 것 시간은 단 한 번도 흐른 적이 없다는 사실에 공포를 느끼며 오래전 나를 찾아와 준 사람들을 떠올리면서 다음 그 다음

엘리자베스 스트라우트

당신이 사랑하는 아이가 당신 운동화 끈을 매어 줄 때

껴안음

수목한계선과 흰꼬리사슴

수족관에서 펭귄을 본 적 있어?

왜?

왜, 나에게 다 얘기해 주는 거예요?

너에게 주려고 파이를 남겨 두었어 피칸 파이야

그러니 애야,

너에게 아무도 신경 쓰지 않는단다 애야

네, 영원은 너무 흔한 것이에요

> 껴안음, 다시 껴안음

사람의 시*

너에게
줄 수 있을까

세상 모든 파도들을
아주 작은 너의 질문들을

꽃들이 길을 잃고 멀리, 아주 멀리 별 하나가
잘 가, 잘 가, 믿음을 놓아주는 하늘 아래

너의 다정한 한 아이를 오직 한 아이를
너의 어른을

나의 손을 꼭꼭 잡고 있는
너의 손을

모두의 비눗방울
빛나는 얼음 흩어진 날씨들을

조금만 더

너에게 줄 수 있을까

그가 너를 집으로 데려다주고 다시
네가 그를 집으로 데려다주는 길을

서로서로
멈추지 않는 밤과 밤을

빛은
없어

없는 나라에서
나는 없는 곳에서

줄 수 있을까
나는

약속하지 않을게 다시
다짐하지 않을게

우리가 얼마나 힘껏 가까이 있는지
왜 아직도 여기 마주하는지

사람이 되어 가는 건
왜 이렇게 조용할까

답하지 않아
묻지 않고

아름다운 것,
아름다운 것 짝을 맞추지 않고

믿음을 두지 않고도
너에게

봄은
사람의 시를 읽어 주고 있어

초록이 너무 푸른 초록이

자꾸 솟아나고 있어

동박꽃 여적 돌앗시난,
동백꽃 여태 펴 있으니, 그러니,

나는 오랜 사람의 시를
곁에 두고

너의 시를 여기
곁에 너에게

* '304낭독회'의 제목으로 사용된 문장들을 토대로 해 썼다.

조용우의 시는 조용하다. 그의 시를 읽는 일은 소리도 미동도 없는 영원 속으로 밀려 들어가는 일이다. 천사와 모르는 사람과 하나님과 고양이와 죽은 이가 낡은 옷을 입고 우리를 바라보는 순간, 최저임금과 기도의 밤들이 통과해 간다. 시인은 무덤덤한 손으로 영원이 스친 빈자리를 만져 본다. 그곳은 여전히 뜨겁다. 시작되지도 끝나지도 않는 시적 상태다. 조용히 끓고 있는 세계다. 때때로 시와 삶은 구별되지 않는다. 익숙한 것과 낯선 것이 구별되지 않듯. 영원과 순간이 그렇듯.

"사람이 되어 가는 건/ 왜 이렇게 조용할까". 입속에 질문을 물고 시인은 영원을 생각한다. 그것은 얼었다 풀리는 겨울 날씨와 올이 풀린 머플러의 구멍, 열병합발전소 굴

뚝의 연기, 오랜 사람의 시가 되어 정지된 시간처럼 서 있다. "시간은 단 한 번도 흐른 적이 없"고 지금 여기서 자신의 삶을 직시하는 시인의 고백이 쌓아 올린 감각적 세계가 믿을 수 없이 맑고 따뜻하다.

— 강성은(시인)

    미세한 먼지 하나하나를 핀셋으로 조심스럽게 집어 드는 마음. 햇빛에 비쳐 보는 마음. 조용우는 먼지 같은 미미한 것들에 소중하게 집중하느라 하루가 저무는 줄도 모른다. 자기 자신이 얼마나 자그마해지고 있는지도 다 잊어버린 것 같다. 다만, 별일 없는 하루에 먼지가 깃들고 그것이 반짝이고 있다는 것을 오래 지켜보고 싶어 한다.

    조용우는 탐조를 하는 시인이다. 새들을 지켜보려면 "큰 소리와 동작은 금물"이지 않은가. 조용우는 스스로를 최대한 기꺼이 작게 만든다. 요란과 과장 같은 건 절대 금물이다. 작아진 조용우가 멀리서 이 세계를 관찰한다. "어떤 사람이 탐조를 하게 되는 것인가". 당연히 새를 사랑하는 일이 우선이지 않은가. 조용우의 시 세계에서는 먼지마저도 새다. 시장에서 사 입은 오래된 코트도 새다. "지나가는 마음"도 새다. 새의 신비로운 목소리다.

    아무 일도 일어나지 않은 듯하고, 아무것도 아닌 것만 같은 것이 조용우의 시에는 매번 신비로운 사건이 된다.

어째서 이런 신비가 발생할 수 있을까. 조용우의 세계에서는 '아무'라는 게 따로이 존재하지 않았던 건 아닐까. 조용우는 '아무'라는 말에 대한 아무런 편견도 가져 본 적이 없었던 건 아닐까. 『세컨드핸드』는 '아무'를 재정의한다. 너무도 조용히. 너무도 담백하게. 그러나 결연하게.

— 임솔아 (시인·소설가)

지은이 조용우

1993년 대구에서 태어났다. 2019년 중앙신인문학상을 통해 작품
활동을 시작했다.

세컨드핸드

1판 1쇄 찍음 2023년 2월 13일
1판 1쇄 펴냄 2023년 2월 27일

지은이 조용우
발행인 박근섭, 박상준
펴낸곳 (주)민음사

출판등록 1966. 5. 19. (제16-490호)
서울특별시 강남구 도산대로1길 62(신사동)
강남출판문화센터 5층 (06027)
대표전화 02-515-2000 / 팩시밀리 02-515-2007
www.minumsa.com

ISBN 978-89-374-0930-1
      978-89-374-0802-1 (세트)

＊잘못 만들어진 책은 구입처에서 교환해 드립니다.
＊이 책은 서울문화재단 '2021년 첫 책 발간 지원사업'의 지원을
  받아 발간되었습니다.

민음의 시

민음의 시
목록